No me da miedo...
la oscuridad

Texto: Carole Bauvers
Ilustraciones: Sandra Solinet

LAROUSSE

El gatito Leo está **acostado** en su cama.
La **luna** le sonríe.

En su habitación, sus padres roncan flojito.
«Norrr, psss, norrr, psss.»

Pero la luna desaparece. La habitación se queda **a oscuras**. De pronto, Leo no distingue nada. Ve una **sombra** puntiaguda, unas formas **extrañas**... ¡y una **silueta**!

Leo tiene **miedo**. Ahora
no oye a sus padres.
¿Y si lo han dejado **solo**?

Salta de la cama y se va a **gatas** hacia la pared.

Plas, contra una pila de libros.
Pom, contra los cubos de madera.

A pesar del ruido, la silueta no se mueve. **¡Uf!**

Avanzando **a tientas,** Leo busca la puerta.

La abre sin hacer ruido y **recorre** el pasillo hasta la habitación de sus padres.

Su cama está **vacía**. ¡Papá y mamá se han ido!
Y se oye **ruido** en la cocina.
Rápido, Leo tiene que buscar algo para **defenderse**.

Se va corriendo a su habitación para coger el **sable mágico,** el que hace luz. Apunta el arma hacia lo desconocido. **¡No me da miedo la oscuridad!**

En ese momento, la luna vuelve a **salir**. Leo ve de nuevo su **habitación:** el armario, los juguetes y el colgador de ropa.

—Leo —dice su mamá extrañada al entrar—, ¿qué haces de pie?
—**¡Habéis vuelto!** —exclama Leo.
—Estábamos en la cocina —explica papá.

Después de darle un último beso, se van a la cama
para cantar a Leo su nana preferida:
«Norrr, psss, norrr, psss».